와, 드디어 밥 먹는다

창비
청소년
시선
15

와,
드디어
밥 먹는다

김영호·최은숙 엮음

창비

차
례

제2부

**엄마가
뿔났다**

제3부

우진아,
학교 와라

제1부

구멍 난
양말

보조개

경기 중산고 • 양지혜

,는 문장의 보조개,
왜 그래? 묻지도 않고
또 그래! 성질도 안 내고
넌 그래. 멋대로 마치지도 않고
그래, 그래, 하며 항상 다독여 주는,

이 작고 깊은 미소에 안겨,
며칠간의 단잠을 잘 수 있다면,

좋겠다만.

첫 키스

대구 경북여고 • 장정희

고등학생 되면
할 줄 알았는데

우산 하나

경기 서정중 ● 전승호

비가 너무 많이 왔다
어쩔 수 없이 우산을 하나 샀다

우산이 하나밖에 없다
어쩔 수 없이 친구와 함께 썼다

우산이 너무 작았다
어쩔 수 없이 친구와 가까워졌다

비가 다시 그쳤다
어쩔 수 없이 친구와 떨어졌다

집에 가서 침대에 누워 생각했다
내일도 비가 왔으면 좋겠다

구멍 난 양말

경기 예당중 • 송혜원

터벅터벅 집에 돌아와 마주친 쓸쓸한 현관문
신발을 벗고 들어가는데, 어?
구멍 난 양말 밖으로 쏙 튀어나온 엄지발가락

괜스레 울적해진다
아무도 반기지 않는 나의 존재처럼

다른 발가락들은 모두 함께 포근한데
혼자서만 차가운 세상 구경하는 엄지발가락

사춘기

경기 증포중 • 정한나

아무 사이 아닌 너에게
종 치기 전 급하게 책을 빌린 나

두 번, 세 번 빌려 보니
알게 된 진짜 속마음
고마움이 아닌 좋아함

용기 내서 보낸 문자
답장 하나에 쿵쾅
답장 둘에 쿵쾅쿵쾅

지이잉—
벽돌 같은 너에게 받은
생각지도 못한 문자

사소한 것 하나하나
오락가락 내 기분
두근두근 내 가슴

시간은 약?

전남 구례동중 • 함다현

탐스러운 노란 바나나가
점점 얼룩이 져 흉해져도
속은 더 달고 달아졌다.

볕 들지 않는 방 창가에 놓인
아직 못다 핀 작은 꽃봉오리도
낯선 곳에서 늦었지만 폈다.

실연당한 내 친구도 땅 꺼지게 울더니
무슨 일이 있었냐는 듯
숨넘어가게 웃어 젖힌다.

어느새 너무 익은 바나나는 물러 터져 버렸고
작은 꽃잎은 시간이 흘러 다 졌고
친구는 추억의 후유증에 슬퍼하고 있다.

그리고 항상 어른이 되었으면 했던
나는 벌써 열여섯의 끝이 보인다.

지우개

서울사대부설중 • 박지훈

잘못 쓴 글씨 지우는
말랑말랑 지우개는

내 머리 잘못 쓰인
내 기억 지울 수 있을까?

연필 글씨 지우고 볼펜 글씨 못 지우는 것처럼
어떤 기억 지우고 어떤 기억 못 지우겠지

못 지우는 것도 있는 지우개가
나는 참 좋다

지우지 못하는 것도 있기에
지금의 내가 있으니까

징검다리

경북 점촌중 • 최병현

이름만 아는 여자아이에게서 온 카톡.
"뭐해?"
나는 순간 설레었다.
그러고 답장을 했다.
"그냥 있어. 왜?"
설마…… 설마…….

"○○○ 좀 소개해 줄래?"

나의 한순간 설렘은 떠나 버렸다.
나도 그 방을 떠나 버렸다.

새벽 한 시

충남 태안고 • 윤희연

가만히 바라보다 번호를 눌러 본다
달 없는 새벽 한 시 한숨도 새까만 밤
무심한 네 목소리에 별이라도 뜰까 해서

그네에서

강원 원주금융회계고 • 김민영

날 좋은 날
그네가 흔들흔들.

그네가 올라갈 때 당신 생각.

둥근 원 위에서 돌고 도는 당신과 나.
우리가 호AB로 이어져 있다면
내가 어디에 있든
당신을 향한 마음의 크기는
항상, 같을 텐데.

둥근 원 위에서 돌고 도는 당신과 나.
우리가 호AB로 이어져 있다면
당신이 어디에 있든
나는 중간에서 당신을 두 배만큼
항상, 받쳐 줄 텐데.

당신은 어떨까.

날 좋은 날
그네가 흔들흔들.

그네가 내려갈 때 당신 생각.

당신과 나의 마음의 크기를
나눌 순 없을까.
마치 공평한 분배 법칙처럼.

당신이 내게 느끼는 감정의
최빈값은 무얼까.
당신이 내게 느끼는 사랑의
최댓값은 얼마만큼일까.

당신과 나는 어쩌면
전혀 다른 존재이겠지만
나는 당신과 한 원 위에 있고 싶어.
불가능하다면 서로가

켤레 복소수가 되어
나란히 실수가 될 수도 있는 거잖아.

당신은 어떻게 생각해?

날 좋은 날
그네가 흔들흔들.

그네에서 흔들거리며 당신 생각.

뿍뿍이

경기 망포고 • 유진아

뿍　뿍　뿍　　뿍　　　뿍 뿍　　　뿍 뿍
뿍　　뿍　　　　　뿍뿍　　　뿍 뿍뿍 뿍

　　　뿍 뽀득

　뿍　　　뿍뿍　　　뽀득 뿍　뿍

　뿍　　뽀득　　　뿍　　뿍 뿍

뿍 뿍　　　뿍뿍　뿍

　뿍 뿍　　　뿍 뿍

　　뿍

뽀득　　뿍　뿍뿍

　뿍　　　뿍

　　뿍

　뿍 뿍뿍

뿍 뿍

뿍뿍

뿍

뿍

납작해진 뿍뿍이를 쥐어짜며
쓰레기통에 넣으려는 순간

뿍!

꿈의 크기

전북 남원고 • 최태훈

어릴 적 꾸던 꿈은
몹시 큰 꿈이었지만
아직 잘 모른다며 무시당하고

커서 꾸는 꿈은
어릴 적보다 작은데
이제야 컸다는 소릴 듣네

꿈의 크기는
어릴 적이 더 컸는데
왜 더 작은 꿈이 인정받을까

바보

서울 세명컴퓨터고 • 박수호

나는 바보라고 불린다
남들보다 자주 웃고
남들보다 순진하다고
나는 바보라고 불린다

나는 바보라서
한 사람만을 바라본다
한 사람을 향해 웃고
한 사람만을 좋아한다

나는 한 사람만 보는

바보이다

'나' 님

서울 배화여중 • 김규빈

나는 뭘까
나는 어떤 사람일까
나는 뭐가 특별하지

나는 갈대
핸드폰 할까
그림 그려야지
아냐 멍 때릴래
계속 마음이 변한다

나는 병풍
어디 있든
무얼 하든
아무도 신경 쓰지 않는다
존재감이 없다

나는 가면
초등학교 때 단짝 앞에서는

재치 넘치고 재미있는데
안 친한 친구 앞에서는
말도 안 한다

나는 조류
밀물 썰물
네가 좋아
네가 싫어
멀어졌다가
또다시 가까워진다

나는 나
남들과 또 다른 매력이 있다
이런 난데 나 혼자라도
'나'님을 존중해야겠다

제2부

엄마가
뿔났다

감정이 색깔이라면

경기 본오중 • 박혜주

감정이 색깔이라면
아마 그것만큼 곤란한 일은 없을 것이다

엄마와 나
서로 싸워
못생긴 보석 뚝뚝 떨구면
잘 지워지지 않는 남색 스멀스멀

엄마와 나
서로 기뻐
살구색 단풍잎 깍지 끼면
환하고 청아한 분홍색 포앙포앙

신기한 존재들

경기 진건중 • 임민규

공부할 때 안 온다
게임할 때 온다

운동할 때 안 온다
TV 볼 때 온다

숙제할 때 안 온다
핸드폰 볼 때 온다

신기한 존재들
우리 부모님

언니

인천가좌여중 • 신미선

가을 타는 언니가
동네 강아지보다 귀찮게 한다
쫄래쫄래 쫓아오며
뱉는 말이 제법 예쁘다

"야, 충전기 좀."

"너 오늘 엄청 못생김. ㅋㅋㅋㅋ"

"엄마한테 전화 좀 해 봐."

"그만 먹어, 돼지야."

어쩜 하는 말마다
가을 단풍처럼 고운지
밤송이처럼 까고 싶다

나를 부르는 소리
– 내가 제일 좋아하는

전북여고 • 오세란

나는 이름이 여러 개
세란이, 따알, 강아지, 오세란 군

그중에서도 내가 제일 좋아하는 이름은 따알
따알 중에서도 우리 따알

요즘엔 자주 못 들어서
그래서 더 듣고 싶은 우리 따알

한 번 들으면 잠이 깨고
두 번 들으면 사랑이 솟는

우리 엄마의 우리 따알

엄마가 뿔났다

경북 안동여중 • 김초원

엄마가 뿔났다
핸드폰 만진다고
이제 그만하려고 했는데

엄마가 뿔났다
공부 안 한다고
이제 하려고 했는데

엄마가 뿔났다
책 안 읽는다고
이제 읽으려고 했는데

이제 그러려고 했는데

녹슨 오토바이

강원 원통고 • 고유정

어버이날
빠알간 카네이션 한 송이와
손 편지 들고
홀로 계신 외할머니를 찾아뵌 날

마을 회관 지나
도랑가 길 끝 집
녹슨 대문을 열고
맨발로 마중 나온 할머니 품에 안겨
꼬옥 끌어안고 대청마루에 올라
친구들 이야기
학교 이야기
가족 이야기로
웃음꽃을 피운다

싸리꽃 피어난
마당가 울타리 밑에
외롭게 서 있는 오토바이의 녹슨 손잡이

아직도 할아버지의 손때가 남아 있는데
마당 한가득 그리움만 두고
바람처럼 떠나셨다

내 방의 주인

강원 남춘천중 • 전종환

엄마, 양말 어디 있어?
두 번째 서랍에.

엄마, 후드 티 어디 있어?
옷장 속에 있잖아.

어? 없었는데…….

난 가끔 생각한다.
내 방의 주인이
내가 아니라 엄마인 것 같다고.

동생

서울 수유중 • 박하은

옆에 있으면 툭툭 치고
책에 내 욕 써 놓고
내 방에 보물이라도 있나
계속 들어오고
싸웠을 때 한 대 때리면
자기는 두 대, 세 대 때리면서
엄마한테는 누나가 더 많이 때렸다고 하고
숙제하려고 하면 옆에서 심심하다고
놀자고 하고
그럴 때는 미운 동생이지만
그래도 누나 학원에서 배고플까 봐
과자 사서 가져다주고
너무 피곤해서 그냥 자면
내 방 불도 꺼 주고
밤에 잘 때 잘 자라고 인사도 꼬박꼬박 하고
학원 갈 때 잘 갔다 오라고 창문에 대고
소리치는 것 보면
동생은 동생인 것 같다

윤회(輪廻)

부산 장안제일고 • 박소현

외할아버지가 떠나신
빈 공간을 채우는 데는
그다지 시간이 걸리지 않았다
할아버지와 나 사이 공간이
너무 허했기 때문일까

할아버지 빈자리를
다시금 느꼈을 때는
그해 겨울이 지난 후
이듬해 봄이었다

한가로운 일요일 오후
거실 베란다에 앉은
커다란 까마귀 한 마리
까마귀의 무엇이
할아버지를 떠오르게 했을까

아아
흰 수의 입고 떠나신 할아버지
검정 두루마기 입고 돌아오셨구나
산을 벗 삼으셨던 할아버지
한 마리 산새 되어 돌아오셨구나

과묵한 까마귀의 자태에서
나는 할아버지를 보았다

예쁜 손

전북 쌍치중 • 김민주

항상 미웠던 엄마
손 크기를 대보다 흠칫
역시 손도 밉네.

홀로 일하시던 엄마
젊은 아가씨 손처럼 곧던 손
철봉처럼 휘어져 버렸네.

까칠한 손처럼 말투도 까칠해
그 속을 이제야
들여다보았네.

한없이 미어져 버린 가슴
전봇대도 로봇도 아니신데
오늘, 내일, 매일을 땀 흘리시네.

남들과 같이 흔한 후회
그때 그러지 말걸.

더 잘해 드릴걸.

밉고 또 미운 손
그래서 흔하지 않은
예. 쁜. 손.

차별

인천안남중 • 위희진

오빠는 옷을 던져 놓아도
아무 말 않고
내가 어쩌다 한 번 던지면
"너 이거 뭐야? 당장 안 치워?"

오빠는 집안일 계속 안 해도
아무 말 않고
내가 집안일 한 번 안 하면
"너 집안일 안 해?"

오빠는 계속 공부 안 해도
아무 말 않고
내가 공부 안 하면
"너는 공부도 안 하니?"

오빠는 짜증을 내도
달래 주시고
내가 짜증을 내면

화를 내시고

내 이름은 '너'가 아닌데
내가 아무리 웃어도
내가 아무리 노력해도
엄마는 아직도 차별 중

할머니

서울 수유중 • 윤동준

뜨거운 여름날 태양조차 볼 수 없는 여름날
아스팔트가 아이스크림처럼 녹아내린 여름날
저기 저 먼 곳에 보이는 할머니

할머니, 폐지 줍는 할머니
사람들이 흘겨보는 할머니
왜 할머니는 그런 시선을
창피하게 생각하지 않고
계속 폐지를 줍나

오직 자식 생각뿐인 할머니
고작 번 돈은 2,350원
할머니는 이 돈으로 뭘 할까
편의점에 갈까 양말을 살까
나한테 2,350원을 준다

이러지 마요 이러지 마요
할머니 이러지 마요

이러지 말라는 건 결코
할머니가 창피해서가 아니에요
할머니가 욕먹을까 봐
할머니가 그러다 몸 안 좋아질까 봐요

푹 쉬세요

경북 안동여중 • 최혜진

비가 많이 오는 날은
파도가 거칠어
고기잡이배가 뜨지 못하니까
뜨신 방에 누워
딸내미, 아들내미 전화 받으시면서
푹 쉬세요, 할배

비가 많이 오는 날은
흙이 질퍽거려
농사일이 잘 안될 테니까
뜨신 방에 누워
아침에 못 본 드라마 보시면서
푹 쉬세요, 할매

비가 많이 오면
뜨신 방에 누워
그냥 푹 쉬세요

엄마의 뒷모습

충북 산척중 • 박준원

엄마 배 만지며 자던 때
난 언제쯤 엄마만큼 키가 클까
큰 산 같기만 하던 엄마의 뒷모습

내 몸이 쑥쑥 자랄수록
자꾸만 작아져 가는
엄마의 키

하지만 엄마의 산은
더욱 커져
하늘과 가까워지네

언제쯤이면 나의 산도
엄마처럼
하늘 끝에 닿을 수 있을까

아버지의 등

강원 속초고 • 김동환

우리 집 아파트 앞에는
이따금씩 아버지가 계신다
아버지는 그때마다
담배를 피우고 계셨다

그때마다 나는 싫다고
빨리 들어가자고
마구 재촉을 하면
알 수 없는 미소를 지으셨다

그렇게 내가 한 살 두 살 먹을 때마다
아버지의 구름도
아버지의 흰머리도
아버지의 굳은 표정도 늘어 갔다

요새 밤늦게 들어올 때도
아버지는 가끔씩 계시지만
나는 그제서야 슬프고 눈물이 난다

그렇게 담뱃불이 꺼질 때까지
뒤에 있으면 또 그제서야 느낀다

아버지의 등은 참 넓고
아버지란 이름은 참 크구나,라고

밥도둑

경기 양일고 • 이병욱

지난밤, 친척들이 다녀간 자리
선물 하나 놓여 있다
꽁꽁 묶여 있어
그 속이 더 궁금하다
찌지직— 테이프를 뜯어내어
그 속을 들여다본다
아, 우리 집에 도둑을 들였구나
순간 밥솥을 지켜야겠다는 생각이
바람처럼 스쳐 간다
이미 늦었구나
밥솥은 텅 비어 있다
부엌 한구석에서
달그락달그락 소리
동생이 밥도둑을 해치우고 있다
나도 빨리 해치우자
리얼 밥도둑 간장 게장

제3부

우진아,
학교 와라

운동장 편지

부산 지산고 ● 원종민

체육 시간이면
항상 수업 종 치기도 전에
운동장에 나가서
공이나 차고 있던 내가
비 오는 날 발목을 접질려
깁스를 하는 바람에
체육 시간에 스탠드를 지키고 있다

개미가
제 몸보다 훨씬 큰 과자 부스러기를
끙끙대며 옮기는 모습을
응원도 해 보고
땀 찬 발가락에 손가락 넣어서
냄새도 맡아 보고

그래도 심심해서
목발로 운동장 바닥을 칠판 삼아
끝말잇기도 해 본다

그러다 무심결에
사랑해 엄마 하고 썼는데
누가 볼까 얼른 지운다

집에 가면
오랜만에 내가
설거지 해야겠다

봄

서울 이화여대병설미디어고 • 인지연

4월은 봄
내 짝 민주는 벚꽃 찍느라 바쁜가 봄
난 필요 없나 봄

2학년 첫 중간고사가 다가오나 봄
다들 2학년 됐다고 열심히 하나 봄
나만 안 하나 봄
교생 쌤이 오나 봄
근데 우리 반은 기대 안 하나 봄
여자라서 그런가 봄

중간고사 하루 전인가 봄
교과서를 펼쳐 봄
처음 봄
수업 시간에 잤나 봄
이번 시험은 망했나 봄

중간고사가 끝났나 봄

교생 쌤을 처음 제대로 봄
수줍어하는 나은 쌤 얼굴을 봄
애들도 귀엽나 봄
이제 남자 교생 쌤 필요 없나 봄

더욱 더 푸르른 5월에

경기 경안고 ● 김예린

이렇게 푸르른 5월에
우리들은 책상 앞에서 미분을 하고,

이렇게 푸르른 5월에
우리들은 의자에 앉아 기벡*을 풀고,

이렇게 푸르른 5월에
우리들은 칠판을 보며 필기를 한다.

이렇게 푸르른, 예쁜 5월이
한 번만 더 지나가면 수능이라니

그리고 그다음 5월은 좀 더 예쁠까
그리고 그다음 5월은 좀 더 푸르를까

막연한 마음 앞에
우리들은 오늘도 펜을 든다.

*기벡: '기하와 벡터'의 줄임말.

선생님

경기 송양중 ● 홍경표

국어 선생님이 수업 도중 화가 나셨다
애들이 떠들고 장난을 쳐서 화가 나셨다
화나신 선생님을 보고
교사라는 직업에 대해 생각했다

우리가 생각하는 선생님이란 직업이랑
많이 다른 거 같다

학교에서 애들 가르치고
집에서 집안일도 하시고
교사라는 직업은 힘든 거 같다
다른 직업보다 더 힘든 일 같다

꿈 목록에서
'교사'라는 직업을 슬그머니 지웠다

헝그리 정신

전북 쌍치중 • 정창환

꿈에 그리던 축구 대회
내 마음은 두근두근
내 배 속은 꼬르륵

준비 운동 하고 연습하는데
아직도 내 배 속은 꼬르륵

드디어 시작하네
기대하던 축구 대회
다만 걱정되는 것은
배고픈데 어떻게 뛸까

첫판 이기고 둘째 판 이기고
드디어 결승까지 왔네

발에 치이고 공에 맞고 넘어지고
아프지만 우린 뛴다
이기면 밥 먹는다는 말에

망할 놈의 헝그리 정신으로
우린 뛴다

드디어 끝났네
망할 놈의 헝그리 정신으로
우린 우승했네

우승 트로피보다 상금보다
좋았던 것은
"와, 드디어 밥 먹는다!"

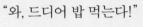

우진아, 학교 와라

부산 구남중 ● 신용찬

우진아, 오늘 학교 가자.
1교시 뭔데?
음……, 과B?
아, 학교 안 가.

우진아, 오늘 학교 가자.
1교시 하기 전에 갈게.
아, 왜?
배 아파서.

우진아, 오늘 학교 가자.
밥 뭔데?
콩나물밥.
그게 급식이가!

우진아, 학교 올래?
싫어!
그래, 네 인생임.

기다려라, 간다.

시 창작 시간

인천 계산중 • 백영기

선생님께서 시를 써 보라 하셨다.
선생님은 자기 이야기와 내용을
구체적으로 쓰라 하셨다.
하지만 너무 어렵다.
학원 빠지고 거짓말한 것
엄마 몰래 피시방 간 것
친구 돈 뺏은 것
이걸 어떻게 써?

우리들

경기 군포중앙고 • 조수경

아이들 1
혈색을 잃어 가고
창백해질 때

낯빛이 어둡고
몰골이 말이 아닐 때

약보다는 틴트

아이들 2
초췌해지고
해쓱해질 때

표정이 어둡고
지쳐 보일 때

약보다는 축구

안 친한 친구

서울 배화여중 • 이소정

썰물 빠지듯이 다 나간다
너랑 나만 남아 있다

어색한 공기를 애써 무시하고
볼 것도 없는 핸드폰만 만진다

가끔씩 하늘도 본다
너도 같은 타이밍에 하늘을 본다

눈이 마주쳐 버렸다
······ㅎ

눈치 게임

경기 양일고 ● 원지윤

6시 50분 야자 시작,
문을 바라본다

감독 쌤을 쳐다보며
일어섰다, 앉았다

나갈까, 말까?
고민 끝에 일어서면
감독 쌤 눈빛에
실수인 척 다시 앉고

아, 오늘도 내가 야자를 하는구나

무정란

광주 정광고 • 김대성

문학 시간 선생님께서
시 한 수를 품어 보라고 하셨다.

나는 시를 품는다.
품는다, 품는다, 품는다…….

아무리 품어도 병아리 한 마리도
깨어나지 않는다.

아, 내 시(詩) 알은
무정란인지도 모르겠다.

시험공부

울산 남목중 • 김현희

내일부터 시험공부

엄마한테 혼날까 봐
마구마구 찍게 될까 봐
미도달 과목이 많을까 봐
안 좋은 학교에 가게 될까 봐

내일부터 시험공부

그날

경기 양일고 • 신지원

그날이 오늘이다
성적표가 나오는 날

1번 2번 3번 4번
내 차례가 다가올수록
내 속은 날뛴다

혹시나, 역시나
이깟 종이가 뭐라고
돌덩이처럼 무거운지
이깟 종이가 뭐라고
내 머릿속이 흰 종이처럼 하얘지는지

오늘이 그날이다
성적표를 숨기는 날

학원 걱정

경기 와부중 • 이한결

문제집 몇 권을 메고
학원에 가는 나
방과 후, 친구는 집에 간 지 오래
나는 터진 풍선처럼 구석에 앉아
아무리 빨리 문제를 풀어도
끝내 줄 생각 안 하시네
책 넘기는 소리 찰락찰락
가만히 들리네, 힘들고 지쳐
열린 창문으로 친구들 목소리
학원에 혼자 엎드려 문제를 푸는

지금,
집에 가고 싶어 눈시울이 뜨거워지는
나의 하루하루

시험 기간, 운명의 굴레

서울 경희여중 ● 박채연

시험 D-7
아무것도 하기 싫다.
내일 공부해야지.

시험 D-4
시험공부를 제외한
모든 것이 재밌다.
시험은 벼락치기야.

시험 D-1
내일이 시험이다.
이제 공부를 해야겠네.

먼저,
책상부터 치우자!

우리의 삶

경기 안곡고 • 구본승

선생님의 잔소리 증가함수
그로 인한 쉬는 시간 감소함수

매점이라는 방정식에
돈을 대입하면
빵이 나오는 신기한 방정식

점심시간 5분 전
우리들의 기분은 극한으로 치솟는다

우리들의 기분은 급식의 종류에 따라
진동하는 사인 함수

종례 시간이 되면
어김없이 시작되는 환호성

허나, 방과 후에 또다시 공부하러 학원 가는
돌고 도는 원의 방정식

이러한 일상이 반복되는
우리의 삶은 주기 함수

그저 그랬다

제주 신성여고 • 오지현

학교 교복을 입는 것도
교실에서 수업을 받는 것도
점심, 저녁을 급식실에서 먹는 것도
밤늦게까지 자율 학습을 하는 것도
다 그저 그랬다

그러나 지금은
그저 그런 게 그립다

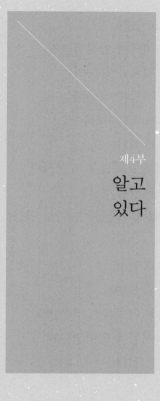

제4부

알고
있다

알고 있다

전남 구례고 • 한지원

섬진강은 다 알고 있다.
어느 집 자식이 대학에 합격했는지
어느 집 자식이 결혼을 하는지
어느 집 자식이 취업에 성공했는지
어느 집에서 아기가 태어나는지
섬진강은 다 알고 있다.
다 알고, 물방울 정보원들을 파견시켜
집안의 기분 좋은 일을
섬진강 주변 마을의 기분 좋은 일로 만든다.

지리산은 다 알고 있다.
어느 집이 상을 당했는지
어느 집이 경제적 어려움을 겪는지
어느 집 자식이 시험에 떨어졌는지
지리산은 다 알고 있다.
다 알고, 바람이 노고 할머니*께 전해 줘서
지리산이 감싸 위로한다.

* 노고 할머니: 예부터 지리산을 지킨다고 전해지는 산신령.

세월
– 세월호에서 죽어 간 영들을 위하여

충북 증평여중 • 임시은

바닷물을 따라 흘러간다
세월이 흘러간다

차가운 바다 안 배
그 안에서 이러지도 저러지도 못한 채
소리 없는 소리만 질러 본다

밥은 잘 챙겨 드실까
매일 우시지는 않을까
잠은 잘 주무실까

엄마 아빠 그동안 속 썩여서 죄송해요
다음 생에도 다시 만나요

착해 빠져서, 그대는

전북 전주솔내고 • 양혜지

가만히 있으라고, 위험하다고
그 위태로운 순간에 바보같이
왜, 왜 착해 빠져서
끝까지 믿고 있었던 거야

구하러 간다고, 조금만 기다리라고
일분일초가 긴박했을 상황에 바보같이
왜, 왜 착해 빠져서
끝까지 기다리고 있었던 거야

사랑한다고, 많이 사랑했다고
살아선 다시 못 할 그 말만 듣고 가라고 바보같이
왜, 왜 착해 빠져서
끝까지 한마디 던지고 가 버리는 거야

기억한다고, 꼭 기억한다고
이런 세상에 그대들을 낳아서 바보같이
그래, 착해 빠진 그대들을

끝까지 기억하고 잊지 않을 거라고

그루터기

충북 산척중 • 최소연

비 맞은 꼬마 하나 마주치면
말없이 우산 하나 되어 주고
더위 먹은 사람 하나 마주치면
말없이 그림자 하나 내어 주고
외로운 아이 하나 마주치면
말없이 단풍잎 한 장 내어 주고
추위에 떠는 가족 하나 마주치면
말없이 타오르는 장작불 되어 주고
지친 나그네 하나 마주치면
말없이 의자 하나 되어 주고

주름살 가득한 나이테
당신도 어느 때인가는
그런 나무였지요

사랑

충남 센뿔여중 • 이예진

노성산성에 봉사하러 왔다.

우리가 산을 위해 봉사하는 건지
산이 우리를 위해 봉사하는 건지
알 수 없지만

우린 아무것도 따지지 않는다.
사랑은 그런 것이니까.

비치는, 비치지 않는

서울 원묵고 • 고유나

너희들이 보는 내 모습을 보려
너희들이 말하는 내 모습을 들으려
너희들의 시선에 갇혀
나와 마주했다.

너희들이 보는 내 모습이 아닌
너희들이 말하는 내 모습이 아닌
너희들의 시선에 벗어나
나와 마주했다.

너희들이 보는 나와
내가 말하는 내가
서로 마주했다.

서로 다르다.

악성 바이러스

부산중앙여중 • 황채원

타닥타닥,
손가락 끝을 통해 감염되는
악성 바이러스

누군가를 향해 떨어지는
비난의 손가락

한 사람에게서 시작되면
너 나 할 것 없이 퍼지는
무서운 전염병

너도 아프고 나도 아픈데
왜 치료하지 않을까?

글쎄다,
치료할 수 있을 것 같아?

최저 시급

강원 동해광희고 • 홍범준

치워도 치워도 끝이 없구나.
굳이 치우고 있는 자리로 와서
이 자리에 앉겠다 하시네.

빼도 빼도 끝이 없구나.
방금 새 그릇을 빼고 왔는데
바로 주방으로 들어가는 사용한 그릇들.

이렇게 고생해도 나의 시급은
언제나 최저 시급.

가방

부산 데레사여고 ● 박민지

바리바리 싸 든 가방
메고 오른 버스 안

걱정거리 무거운 한숨
엉클어진 버스 안

툭
투-욱 툭

가방 멘 나를
치고 가는 사람들

가방에 더해지는
누군가의 근심 걱정

무거워져만 가는
어깨의 무게

정리 해고

강원 서석고 • 유미나

새 직장이 생겼다
우유 배달을 물려받았다

정리 해고 당한 그이의 실수를
반복하지 않겠다는 다짐을 하고
야심 차게 시작했는데

어제도…… 오늘도……
생각이 나질 않는다

이대로 가다간
2차 정리 해고의
대상이 될 수 있겠다 싶다

초코 우유를 향해 달릴 때의 마음으로
하루하루 한파를 뚫고
배달 열심히 해야겠다
우유도 2개밖에 안 되는데

왜 그러세요, 다들

강원 동해광희고 • 박채리

무사히 태어나기만 해 주겠니
건강하게만 자라 주겠니
슬슬 걸음마를 떼야 하지 않겠니
이제 열심히 공부해야 하지 않겠니
좋은 대학 가야지

부모님 포기하세요
쟤보다는 잘 살아야지에서
저는 쟤를 맡고 있으니까요

아기가 튼실하게 태어났네
벌써 이렇게 컸니
공부는 잘하니
지금부터라도 용기를 가지고 해 봐
어디 대학 가니

모두들 알겠어요
제가 용기를 가질게요

그리고 말할게요
저 못해요
왜 그러세요, 다들

Home Run

세종 아름중 • 김건우

타자가 홈런을 침
그래서

투수 눈은 침침
투수 몸은 지침
투수 마음은 다침
어두운 앞날이 투수 앞에 스침

감독은 빡침
팬들은 삐침
감독이 라인업을 고침

홈런 맞은 날 투수는 힘겹게 취침
다음 날
투수에겐 힘든 아침

험난한 훈련을 거침
투수의 그 하루는 훈련으로 마침

먹이 사슬

서울 난우중 • 김경우

얼룩말은 식물을 먹고
사자는 얼룩말을 먹지만
인간은 셋 다 먹는다.

2학년은 1학년을 잡고
3학년은 2학년을 잡지만
공부는 셋 다 잡는다.

노력은 재능을 넘고
운은 노력을 넘지만
돈은 셋 다 넘는다.

시와 놀자! 마음껏, 신나게

"너희들은 화장을 안 해도 그 자체로 예뻐."

단호한 대답이 돌아옵니다.

"어른들의 눈 말고, 우리들의 눈에 예뻐야 해요!"

그래서 여학생들은 등교하자마자 고데기를 들고 화장실로 몰려갑니다. 앞머리에 힘을 주고 입술에 빨간 틴트를 바르고 나와야 하루를 상쾌하게 시작하죠. 남학생들 역시 헤어스타일이 맘에 들지 않으면 한여름에도 후드를 뒤집어쓰고 다닙니다. 시험은 잘 보고 싶지만, 수업은 짧을수록 좋습니다. 장염, 생리통, 감기, 코피……. 수업 중에 보건실과 화장실을 들락거릴 수밖에 없는 이유가 많기도 합니다. 누군가 독한 방귀 한 번 뀌어 주면 소리 지르고 창문 열고 야단법석, 5분은 간단히 날려 보낼 수 있습니다.

누군가 학교의 하루를 살짝 촬영한다면 체육관 뒤에서 담배 피우는 녀석들이 나올 겁니다. 책에 침을 흘리며 자는 녀석도, 급식실 앞에서 새치기하다 걸리는 녀석도 빠지지 않겠지요. 선생님께 뻑뻑 대들다가 기어이 부모님까지 모셔 오는 불상사도 담기겠죠. 팔 부러진 친구 대신 식판을 들어 주는 아이, 입만 열었다 하면 선생님까지 웃기는 아이도 한 명, 한 명 앵글에 잡힐 거예요. 그토록 예쁘고 밉게, 발랄하게, 다양하게, 십 대의 초록은 짙어 가는 중입니다.

그들의 세상을 담아내는 것이 청소년시라면, 그 시는 청소년들이 직접 쓰는 것이 가장 쉽지 않을까요? 그들 사이에서 일어나는 사소한 일들과 세밀한 감정의 변화들을 그들만큼 잘 아는 시인이 있을까요? 비록 자신을 표현하는 방법이 서툴지라도, 세련되지 못한 언어로 표현된 것 역시 그들의 모습입니다. 감정의 과잉이 있다 해도, 그 나이 아니면 언제 제 마음을 풍선처럼 부풀려 보고, 제멋대로 날아가는 마음을 개발새발 그려 볼까요? 다시 언제쯤, 연필 끝에 묻어나는 뭉툭함과 엉뚱함을 이해받을 수 있을까요? 아이들은 친구들이 쓴 시에 눈을 빛냅니다. 자기들이 쓴 시를 읽을 때 표정이 살아납니다. 자신들과 동떨어진 일이 아니라, 바로 그들의 이야기이기 때문입니다. 자기들의 심정이 그대로 거기 있기 때문입니다. 서툴고 투박한 그들의 언어가 가진 공명의 힘을 실감하지 않을 수 없습니다.

청소년들에게는 도무지 다가설 엄두가 나지 않는 장르가 시일 수도 있습니다. 시와 처음 인연을 맺는 방식이 대부분 교과서에 실린 시로 그 특성을 배우거나 참고서의 해석을 암기하는 것인데다가 이 시들, 만만하게 흉내 내 볼 만한 시들이 아닙니다. 우리에게 백석과 소월, 신동엽 시인이 있다는 것은 축복입니다. 언젠가는 한용운, 이육사, 윤동주 시인을 공부했던 시간의 소중함을 되새겨 보는 때가 있겠지요. 그런데 평범한 청소년의 삶은 누가 시로 써 줄까요? 그들이 토로하고 싶은 삶에 어울리는 언어는 어디에서 배우면 좋을까요?

'청소년시'는 그러한 질문에 대한 대답입니다. 그때 아니면 알 수 없는 빛깔과 소리와 냄새와 촉감으로 충만한 청소년기의 이야기를 마음껏 펼쳐 볼 수 있는 마당이 청소년시입니다. '창비청소년시선'은 2015년, 시집 『의자를 신고 달리는』, 『처음엔 삐딱하게』를 출간한 이후 어른 시인들이 쓴 청소년시집을 차례차례 세상에 내놓았습니다. "이건 내 이야기야, 내 마음하고 똑같네." 하고 웃으면서 공감할 수 있는 시를 청소년들에게 선물하고 싶었던 것입니다. 어른 시인도 한때는 열다섯 살이었고 열여덟 살이었습니다. 어른들이 이끌어 가는 세상에서 아이들의 감정은 옛날이나 지금이나 주목받지 못하기 쉽습니다. 어른들은 책임져야 할 일이 많고 그만큼 바쁘니까요. 그렇게 스쳐 가는 청소년기를 주목하고 응원하는 마음이 거기 담겨 있습니다.

청소년시집은 청소년 자신의 목소리를 문학의 땅에 불러내는 초대장이기도 했습니다. 이런 시라면 나도 쓰고 싶다, 나도 쓸 수 있을 것 같다는 자신감을 가지고 연필을 들기를 기대했습니다. 그리고 마침내 당사자들이 직접 쓴 청소년시집 『와, 드디어 밥 먹는다』를 출간하게 되었습니다. 시집에 실린 시 60편은 창비와 한겨레신문사가 함께하는 '우리 반 학급 문집 만들기'에 응모한 작품 중에서 선정한 것입니다. 학급 문집은 1년간의 생활이 고루 담기는 발자취이므로 선생님들의 꾸준한 관심과 학생들의 열정이 없으면 만들어지기 어려운 책입니다.

문집에 실린 시에서 자잘한 싸움과 갈등, 불만을 얼버무리지 않고 드러내는 학생들을 보았습니다. 그러면서도 따뜻함과 명랑함이 햇살처럼 퍼져 있는 교실이 짐작되었습니다. 백일장이나 문학상 공모 작품에서는 보기 어려운 꾸밈없음, 솔직 담백함이 좋았습니다. 그 점이 엮은이들의 마음을 사로잡았습니다.

선정 기준을 한마디로 요약하면 '청소년다움'입니다. 직접 보았거나 겪은 일을 쓴 시, 뜬구름 잡는 것처럼 애매한 어휘가 아니라 실제로 사용하는 구체적인 말로 쓴 시, 마음을 꾸미지 않고 솔직하게 쓴 시, 말하자면 십 대의 일상이 녹아 있고 거기에서 일어나는 정서가 잘 표현되었으며 본인들에게 가장 중요하고 절실하게 생각하는 것들에 대하여 쓴 시들을 골랐습니다. 작품들에서 가장 많이 다루어진 주제는 이성에 대한 설렘, 관계에서 발생하는 상처, 시험 성적에 대한 불안함 등입니다. 이러한 것들이 청소년들에게 얼마나 중요한 문제인지 다시 생각하게 됩니다. 주로 꾸중을 담당하는 엄마와 얄밉지만 곁에 없으면 허전한 동생이 등장하는 가족 이야기는 절로 미소를 짓게 하고 폐지를 줍는 할머니, 끝없이 일하시는 동네 할아버지를 염려하는 마음이 담긴 시를 읽으며 화자의 심성이 여전히 따스하고 고운 것에 안도합니다. 놀라운 것은 청소년들이 자신을 둘러싼 환경을 풍자하는 시를 쓸 만큼 정확한 문제의식을 가지고 있으며, 부조리한 현실을 비판하면서도 내일은 다를 것이라는 희망을 놓지 않고 있다는 점입니다.

어릴 적 꾸던 꿈은
몹시 큰 꿈이었지만
아직 잘 모른다며 무시당하고

커서 꾸는 꿈은
어릴 적보다 작은데
이제야 컸다는 소릴 듣네

꿈의 크기는
어릴 적이 더 컸는데
왜 더 작은 꿈이 인정받을까
　　　　　　　　　—전북 남원고 최태훈, 「꿈의 크기」 전문

이렇게 푸르른 5월에
우리들은 책상 앞에서 미분을 하고,

이렇게 푸르른 5월에
우리들은 의자에 앉아 기벽을 풀고,

이렇게 푸르른 5월에
우리들은 칠판을 보며 필기를 한다.

이렇게 푸르른, 예쁜 5월이
한 번만 더 지나가면 수능이라니

그리고 그다음 5월은 좀 더 예쁠까
그리고 그다음 5월은 좀 더 푸르를까

막연한 마음 앞에
우리들은 오늘도 펜을 든다.

　　　　　　　　　―경기 경안고 김예린, 「더욱 더 푸르른 5월에」 전문

　이렇게 알아듣기 쉽고 무슨 말인지 분명하고 '나의 이야기'
이면서 '우리들의 이야기'인 시들이 『와, 드디어 밥 먹는다』에
가득합니다. 이 시집이 잘 맞는 셔츠처럼 청소년들에게 편안하

고 만만했으면 좋겠습니다. 노래하듯, 춤추듯, 시를 읽고 쓰는 일도 즐거워야 하는 게 당연합니다. 이어폰을 늘 귀에 꽂고 다니는 것처럼 시집도 그렇게 가까이 있었으면 좋겠습니다. 그러면 저절로 좋은 시를 고르는 안목이 생길 것이고 점점 더 울림이 깊은 시들을 쓸 수 있게 되겠지요. 청소년 시인들의 탄생을 축하합니다.

2018년 5월
엮은이 씀

창비청소년시선 15

와, 드디어 밥 먹는다

초판 1쇄 발행 • 2018년 6월 20일
초판 3쇄 발행 • 2022년 10월 5일

펴낸이 • 강일우
책임편집 • 황수정·이현율
펴낸곳 • (주)창비교육
등록 • 2014년 6월 20일 제2014-000183호
주소 • 04004 서울특별시 마포구 월드컵로12길 7
전화 • 1833-7247
팩스 • 영업 070-4838-4938 / 편집 02-6949-0953
홈페이지 • www.changbiedu.com
전자우편 • textbook@changbi.com

ⓒ (주)창비교육 2018
ISBN 979-11-89228-00-2 44810